시인의 운명

김월한

김월한 제1시집 | 영취산 진달래 | 북랩 |
김월한 제2시집 | 그 시간들 속으로 | 문학애출판사 |
김월한 제3시집 | 바람의 섬 | 홍두깨 |
김월한 제4시집 | 못다한 시간 | 홍두깨 |
김월한 제5시집 | 시인의 운명 | 도서출판 그림책 |

김월한 제 5 시집

시인의 운명

초판 인쇄일 2021년 7월 15일
초판 발행일 2021년 7월 15일

지은이 김월한
펴낸이 장문정
펴낸곳 도서출판 그림책
디자인 이정순 / 정해경
출판등록 제2010-000001
주소 경기도 수원시 영통구 이의동 웰빙타운로 70
연락처 TEL070-4105-8439 (010)2676-9912
E-mail : khbang21@naver.com

시인의 운명

김월한

권두언

예술활동증명

끝없이 높고 푸른 하늘엔 하얀 면사포 구름이 흐른다
오늘은 날씨처럼 참, 기분 좋은 날이다
한국의 공인된 단체로부터 인정을 받는다는 것이
고희古稀에 이토록 기쁜 줄을 처음 알았다.
시집 네 권을 출간했어도 시인이란 자의식이 들지 않았으나
이제 조금은 당당하게 말할 수 있게 되었다
한국 예술인 복지재단에서 예술활동증명을 보내온 것이다.
또다시 어설픈 시로 다섯 권째의 출간으로
시인, 작가, 글쟁이, 꿈 쟁이라 불려도 부끄러워하진 않겠다
그중에서도 글쟁이가 가장 마음에 든다.
어릴 적 문학 소년이 노인 되어 꿈을 이루기에
호 없는 이름만을 겸손의 미덕으로 남겨 두고 싶다.
어디에 있어도 보이지 않을 노인에게
이름 석 자조차도 기실 과분하기에…

2021년 3월 11일 목요일(흰 소의 해, 물 오름달, 열하루, 님 날)

이제야 생을 달군다

어린 시절,
달빛으로 심어놓은 소망 중 시문학은
언제나 가슴에 영롱한 별이었다

누구도 모르게 베개 속에 고이 접어
밤이면 달빛에 살며시 펼쳐보았던 꿈

보이지 않는 손으로 꼭 잡았던 나의 소망은
설렘으로 내 작은 가슴을 울려 왔으며

나를 살게 한 희망으로
노을 질 무렵에야 생을 달구며 세월을 거닌다

김월한 제 5 시집

시인의 운명

권두언 ·······························4
이제야 생을 달군다 ··················5

붉은 장미 ·························13
소리 없는 눈물의 무게 ··············14
시인의 운명 ·······················16
친구야! 행복해라 ··················18
말의 씨앗 ·························20
무지개 다리 ·······················22
유통기한 지난 것 중 ················24
나는 그렇다 ·······················26
영혼이 머무는 시간 ················28
장미의 그림자 ·····················30
당신으로부터 존재한다 ··············32
구름 덮인 내 친구 ··················34
물망초로 피어난 詩 ················36
백성의 봄은 올 것인가? ············38
사색의 가지 ·······················40
무지개 별자리 ·····················42
벚꽃 연가 ·························44
햇살 같은 세상 ····················45
얼음새꽃처럼 ·····················46

불곡산 로망·····························48

부고^{訃告}·····························50

망부석·····························52

비가^{悲歌}·····························54

인내의 백신·····························57

새봄을 기다리며·····························58

늙은이의 시간은 다르게 흐른다·····························60

선민^{善民} 들의 평화·····························63

신문·····························64

내가 지은 詩 집·····························66

인생에 등불이신 임이시여!·····························68

어미 새와 새끼 새·····························70

탄식의 소리·····························72

내 영혼의 소망·····························75

세월의 허무·····························76

천상의 인연으로·····························78

노인은 추억을 먹고 산다·····························80

인습^{因習}의 끝·····························81

인생은 아쉬움인가?·····························82

시감^{詩感}에 젖다·····························83

민초들의 겨울 길목·····························84

감악산 오작교·····························86

내 영혼의 놋그릇·····························88

내 영혼 별이 되어·····························90

인생을 시침질하다·····························92

지^智의 영혼·····························94

달맞이꽃·····························96

사랑의 허수깨비······················98

여행지에서 만난 사람들·············100

저녁의 붕어빵·······················102

동반자······························104

가을 하늘····························106

민심이 하늘이거늘···················108

가을밤······························109

세월이 노을로 물들 때···············110

원적산, 천덕봉·······················112

암 병동······························114

발왕산의 서정抒情····················116

독백································118

내가 기도로 견디어 왔나이다··········120

내 시간은 미완성····················122

지리산 천왕봉·······················124

침묵은 그리움의 시위················126

당신은 항상 내 마음속에 있다·········128

노인의 자화상·······················130

나 어린 날들························132

나의 집····························134

자각몽······························135

애증의 세월·························136

명성산······························138

신이시여!···························140

음악 기행···························142

아이들의 무지개 이름················144

불면의 기억·························146

詩의 불꽃·······················148

명상의 밤·······················149

할머니 추억은 무지개·······················150

민초들의 눈물·······················152

붉은 능소화·······················153

선녀들의 시궁산·······················154

새벽 별·······················156

백두대간 오솔길·······················158

검단산·······················160

마구산^{말아가리산}·······················161

비 맞는 수국·······················162

지렁이 분수·······················163

안개 낀 태화산·······················164

그대는 햇살 지기 풍접초·······················166

세월의 연민·······················167

첫 산행 가리산·······················168

기도^{祈禱}는 염원^{念願}인가?·······················170

그대는 장미 한 송이·······················172

설악산 대청봉·······················173

두륜산 천국의 계단·······················174

곰개나루 해넘이·······················176

내 작은 가슴·······················178

하얀 바람 하얀 무지개·······················180

검은 장대 끝 하얀 솟대·······················182

밤하늘에 알바트로스·······················184

경전의 기도·······················186

부부의 꽃말·······················187

연꽃⋯⋯⋯⋯⋯⋯⋯⋯⋯⋯188

라일락⋯⋯⋯⋯⋯⋯⋯⋯⋯189

영혼의 시가 되고자⋯⋯⋯⋯⋯190

산 마루 오두막⋯⋯⋯⋯⋯⋯192

아름답고 슬픈 캘틱 음악⋯⋯⋯194

당신은 장미꽃⋯⋯⋯⋯⋯⋯195

봄바람의 흔적⋯⋯⋯⋯⋯⋯196

자판기 끝 간에 선 이야기들⋯⋯⋯197

사색의 숲⋯⋯⋯⋯⋯⋯⋯⋯198

별은 어두워야 빛난다⋯⋯⋯⋯199

내게 음악은 달빛이다⋯⋯⋯⋯200

여행은 언제나 서리꽃 같다⋯⋯⋯201

애증愛憎의 절규⋯⋯⋯⋯⋯⋯202

내 삶의 가을⋯⋯⋯⋯⋯⋯203

내 작은 여명黎明⋯⋯⋯⋯⋯204

둘 만의 미완⋯⋯⋯⋯⋯⋯205

석성산⋯⋯⋯⋯⋯⋯⋯⋯⋯206

장미의 눈물⋯⋯⋯⋯⋯⋯⋯208

시인의 운명

김월한

붉은 장미

천혜의 노을빛을 닮은 천혜의 붉은 장미
푸른 달에 부는 미풍에 고요히 피어난다
새벽이슬 달린 청초한 모습 그 아름다움에
그저 침묵만이 고이게 할 뿐이라네…

소리 없는 눈물의 무게

소리 없는 눈물의 무게는 지구의 무게와 같다
하늘의 어둠을 받치며
하늘의 낮을 받치는 태산의 묵묵함을 닮고저
기쁨도 슬픔도 평행선을 걷고자 애쓰지만
슬픔에 지쳐갈 때
소리 없는 아이의 눈물로
내 가슴은 산처럼 무너진다

찢겨간 세월의 문틈으로 스미는 냉기 같은 고독에
세월로 일구어진 습관의 텃밭에
언제나 그렇듯 마음을 구르지만
삶의 의지가 무너지는 것은
행복과 불행을 기뻐하고 슬퍼했던
지난 세월로도 부족 한 것 같다

깊은 강은 소리 내 흐르지 않는다
그리움의 바람은 늘 내 안에 머물러
때론 미풍으로 때로는 태풍으로
그대 곁으로 다가서고 싶어 하지만
그래도 세월은 모른 척
이사 간 내 집 이름 지우지 못한 채
망부석처럼 세월을 맞는다네

시인의 운명

황혼에 나를 숨 쉬게 하는 것들
세월은 뒤안길로 그것들을 사라지게 한다
하물며 일 년이란 조각난 세월로
한 살의 나이를 머리 위에 얹고는 소리 없이 사라진다

고요한 연못에 침전된 생의 부산물
운명의 고뇌들로 잠식되어간 잔해들을
스스로 그린 원 안에 가둔 채
쓸개 없는 인습의 낙엽으로 늪 속에 뉘었다

그런들 삶은 기다림의 연속인 채
내일 나는 또 기다려야 할 게 있다
하늘에서 새어 나오는 개바라기 별빛처럼
내일의 운명의 빛을 기다려야 한다
노을이 질 때까지…

친구야! 행복해라

서서히 밀려오는 늦은 세월
너와 지난날들의 궤적을 뒤돌아 볼 때
즐거움과 서러움 그리고 슬픔이 팔 벌려 막는다
그것은 추억의 길목에서 길을 잃을 걸 알기 때문이겠지

가버린 사랑은 계곡처럼 깊어 가는 그리움 남기며
친구의 우정은 남산처럼 탑을 세운다고 한다
기적이란 소소한 일상이라
아침에 해 뜨고 봄에 꽃 피듯 너와 주고받는 소식이리라

그러나 무소식은 짝 잃은 철새가
제 이름을 부르며 공허한 하늘을 헤매며 날듯
나 역시 네 이름을 부르며 지구 반대편으로 두 팔을 흔든다

어쩌면 흔적을 찾아, 네 부고로 혹은 내 부고로
서로의 마지막 안부가 될지도 모르겠다는 생각에
몸서리치지만
이것이 마지막 안부라면 기꺼이
너와의 즐거웠던 세월과 함께 안녕을 빌어야 하겠지…

말의 씨앗

어떤 말은 난초 향기가 배어 있으며
어떤 말은 백합 향기일 때도 있다

내가 즐겨 사용하는 인사 중에
"늘 행복하시고 건강하시길 기원합니다"

이 말은 어떤 향기로 남는 것일까?
상투적인 언사가 아닌
말의 씨가 되길 희망하며

내 진정 진심의 향기를 묻혀 보냅니다
귀하에게…

무지개 다리

어느 날
잠에서 깨어나 바라본 세상은
나의 모든 세월이 지나 있었다

굴곡진 삶 속에서
기쁨도 보이고 슬픔도 보이며
때론 괴로운 모습도 보인다

어떤 것은 지우고 싶기도 하지만
어쩌랴
그것도 내 운명이었던 걸

단 하나
내 곁에서 사랑과 소망으로
무지갯빛이 되었던 존재

아내가 고마웠다
내 인생 무지개 다리
그 끝에 우리 아이들이 서 있다

유통기한 지난 것 중

어느 날 얼굴에
작은 뾰루지가 고통과 함께 커지는 당혹감에
급히 소염제를 찾는다

구급통 약을 살피던 아내가 발견한 소염제
작은 글씨를 이리저리 살피며
유통기한이 지났다고 쓰레기통으로 구겨 버린다

얼른 주워든 나는
이 사람도 유통기한 지난 지 오래여!
기한쯤이야 하며 물과 함께 냉큼 삼키고 말았다

꽃들은 저 피고 지는 것을 스스로 깨닫는다
그러나 유독 사람만이 마음은 아직 청춘이라며
묵은 나이를 애써 부정한다

나 역시 내 나이를 잊어버리고 산지 꽤 오래 돼지만
내 나이가 궁금할 땐 갑장 친구에게 묻는다
너 올해 몇 살이니?

나는 그렇다

세상이 불러주는 이름을 가슴에 달고
수상한 세월을 달려가는 몸뚱어리
오늘도 숨을 몰아쉬며 제 무덤을 향한다

세상을 돌고 돌아 찾아가는 곳은 본향인가? 무無인가?
영령英靈에 사진을 걸어둔 채
상여 끌린 자국마다 신음 묻어간다

죽음은 또 다른 삶이라고 혹자는 말하지만
그곳에 누가 있는가?
사후 세계로 이주한 사자들은 누구도 말이 없나니

다만 나 사랑했던 날들을 묵향의 씨줄과 날 줄의
묵음默音으로 나머지 생을 살아갈 뿐이다
덤으로의 삶, 나는 그렇다

영혼이 머무는 시간

내 영혼의 그릇에
시구詩句를 담는 자정子正
저녁도 새벽도 아닌 무념의 시간
영혼의 빛으로
숲에 머물 때가 돼가는 시간이다

세상의 경계일 것 같은
영혼의 시공간
내 생각들로 잘못이 드러나는
잔인한 시간이며
사고의 수정이 요구되는 순간이다

자아실현의 완성에 걸림돌이란
제어制御 할 수 없는
세상의 욕망으로
선과 악이 공존한 채
마음의 그릇이 변해 가지만

정지된 시공간 속에
정제되어 가는 사고들은
언젠가는 보이지 않는
시간이 가고 난 뒤
세월 속에 남는 것으로
장밋빛 같은 진실이리라

장미의 그림자

가슴속에 묻은 그리움
누리 달이면 그 세월이 붉은 장미로 피어난다

파란 많은 세월 속의 가슴 끝에 심어둔 한 떨기 장미
그리움 먹고 자란 장미는 세월 가도 시들지 않는다

망각의 세계로 기억조차 사라지지 않는 불멸의 세월속
나만의 미련은 달그림자로 남거늘

백년을 속삭여도 부족할 것 같았던 그대 사랑의 밀어
은발의 세월로 이제야 그리움 끝으로 다가선다네

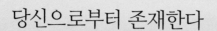

당신으로부터 존재한다

세상에서 사랑하고 그리워할 것들로
당신의 모두를 사랑하고 나 그리워하리라

세월 저편에서 달려온 천리마처럼
숨 가쁜 세월 속에

당신은 모나리자 미소처럼
내 가슴에 소중한 사랑으로 다가옵니다

세월은 장미가 질 무렵 첫 사랑의
오월을 걷어가나 우리의 사랑은 영원함으로

죽어서도 하늘에 구름 한 점으로
장미꽃 닮은 당신을 나 그토록 사랑하리라

구름 덮인 내 친구

겹을 이루는 능선들
내 방 가까이부터 저 멀리 산들이 낮게 줄을 섰다
고래를 닮은 산은 내게 늘 말을 걸어 온다
이슬비로, 바람으로 때론 성난 번개 모습으로

숲 속에 새들도
산 머리에 앉아 제 목청껏 노래 부르다
큰바람이 빗물로 몰아칠 땐
하늘과 땅의 노여움이 가라앉길 숨죽여 기다린다

그 산이 오늘 아침, 짙은 안개로 제 모습을 숨긴 채
내게 불만이 쌓인 채 토라진 것처럼 돌아앉았다
오늘도
저를 두고 먼 산 걸음을 눈치챈 모양이다

물망초로 피어난 詩

물망초,
황무지에 나무를 심는 심정으로
세월의 고뇌들로 가슴에 씨앗을 심어 온 뭇 시간

가슴에서 발아되어 세상에 피어나는 물망초
외로울 땐 외로운 빛깔로, 슬플 땐 슬픔의 빛깔로
산등성이에 별처럼 저마다 빛을 발한다

붉은 노을빛에
맺힌 이슬도 붉은 채 시들어 가는 가녀린 잎새들
협곡으로 낙화 되어 거친 물 위를 흐른다

파란 하늘에 피다만 붉은 꽃잎 하나
태양 빛 곡풍으로 비늘처럼 하늘을 날재
간이역 같은 삶, 나 이제 물망초 꽃 뫼에 잠들어 가리니…

백성의 봄은 올 것인가?

봄날의 온기가 세상을 소생케 한다
차가웠던 대지엔 가녀린 새싹이 흙을 털며
가지엔 얼었던 껍질을 깬 나뭇잎이 기지개를 켠다

이념 갈등이 겨울이라면 화해는 봄일진대
봄은 왔어도 서로가 가슴속엔 날 선 검을 품은듯하다
위정자들 가슴만이 봄을 모른다. 아니 모른 체 한다

고목에 썩은 부분을 도려낸 곳에 치유에 흙을 채운들
오염된 흙으로 채운 채 죽어가는 느티나무
누가 백성의 파랑새인가? 자처하는 이들만 난무한다

사색의 가지

나는 무엇으로 사는가?
적막한 고요함에
사색은 끝없이 깊어만 간다

살아온 삶을 관조하며
삶에 대한 왜곡된 진실은
끝없이 밀려오거늘

때론 사슴의 눈으로 별이 되어
앞서 간 성자들의
기나긴 고난을 읽어낼 때

나 같은 보통 사람들은
그들에게 빚진 삶을 사는 것도 같다

나이는 익어 간다고 한다
그러나 그것은 겸손할 때만 그런 것이다

나만의 최소한 몸짓에서
사색으로 가지를 뻗는 밤은
속절없이 깊어만 가거늘

나는 무엇으로 사는가? 그것은
느티나무 우듬지 이슬로 맺혔다
사라지는 이슬이라네…

무지개 별자리

차디찬 도시의 밤거리
수은 불빛조차 낯선 이방인을 냉대한다

카페의 희미한 불빛 아래
블랙커피를 마시고 난 식은 찻잔 속

밀도 있는 어둠의 그림자로
쓰디쓴 고별만이 채워지고 있다

고향 떠난 기러기는 도시의 불빛으로
사라져 간 별자리로 미아가 되어가며

언제부턴가 무지갯빛
색종이 별을 접어 천정에 붙여가기를

노란 별 빨간 별 그리고 초록 별
별을 헤이는 소년 되어 세상 끝을 난다네

벚꽃 연가

하늘을 흐르는 꽃구름이
벚나무에 달려 벚꽃이 되었다

봄의 전령사로 봄을 노래하다
저 살던 하늘로 오르기 겨워

명주바람을 불러
살풀인 양 꽃비로 봄을 춤춘다

그러다 지쳐
대지 위에 분신의 수를 놓는다네

햇살 같은 세상

시간이 멈춘 날들로 가득한 사진첩
그날들의 진실 앞에 시선은 멈춘다
세상을 바라본 하늘은 늘 푸르지만은 않았다

따뜻한 햇살 같은 세상
봄은 오나 감정은 서러움에 머문다
만나고 싶은 신세계는 봄과 동행하지 않는가?

구름이 비를 머금고 하늘을 흐르듯이
그리움은 슬픔을 머금은 채 푸른 하늘을 떠돈다
해 뜨는 양지를 향하지만 운명은 어디로…

얼음새꽃처럼

내 가슴 아득히 깊은 곳
감정의 샘에서
날개 다친 아기 새의 운명 같은
슬픔이 묻어 나온다

하늘이 토한 먹구름 속에
잔뜩 머금은 빗물처럼
내 가슴도
그렇게 슬픔이 고일 적에

지난날들의 기억을 정리하며
하나하나 잊기 위하여 글을 써 간다
고단한 삶의 지난했던 그 세월
나 얼음새꽃처럼 살았다네…

불곡산 로망

한 줄기 아침 햇살이 상한 갈대를 비추며
불곡산 그림자와 마주한 내 그림자의 진실을
실바람 만이 속내를 위로 한다

세상 설움에 겨워 찾아온 불곡산
슬픔은 서녘 노을로 고이 스러지리란
산상의 바람만이 귓가를 스치며 속삭여 준다

삶에 대한 깊은 성찰의 언어가 아니어도
불곡산 바람은 평화로움으로 날 위로 하며
능선에 흐르는 구름은 심연마저 깊게 한다

오늘도 산상을 오른 그림자는 세상의 마침표로
하늘을 마주한 진실 하나가
불곡산의 풀잎에 영원한 이슬로 맺혀지리라…

부고 訃告

풍전등화 속 모진 세월을 견뎌 오신
나의 어머니 형제들의 어머니
섣달 스무나흘에 곡기를 끊으신 지
그로부터 스물 여드레 만인
해 오름 달 스무날에 촛불처럼 온몸을 태우시고
향년, 동리로 서세하셨다
고이 잠든 모습인 채로 천국으로 홀연히 가셨으니
가시는 길 고이 가옵시며 부디 천국에서 영생하옵소서

망부석

밤이면 시린
눈빛을 닮은 별빛들이 가슴으로 잦아들어
그리움 하나 젖게 한다

세월 저편에 놓여진 꽃단지에
하염없이 맴돌며 날개 짓는 나비 한 마리
나~ 그대인 줄로 맞이하지만

아련한 추억 속에
늙은 소나무처럼 세월의 무게를 진 채
잎새 마다 이슬로 맺는다네

홀로 살아온 여정들이
낙엽 되어 쌓이고 쌓인들
움트는 새싹처럼 그리움은 어쩔 수 없는 것을

그것이 내게 한이 되는 사랑인 줄로
세월의 찬 바람은
망부석으로 천 년의 한을 사르라 불어댄다네

비가 悲歌

소망은 현실적으로 느리게 다가오는 삶이다
오늘도 황금빛 일몰과 일출 사이를 떠도는 그리움은
차가운 달빛에 실려 어디론 가를 끝없이 떠돈다

내게 사랑을 가르쳤던 당신과의 행복했던 추억들은
나만의 시간으로 소중하게 다가서지만
이제 그 길을 홀로 가야 할 나머지 시간 속

밤이면 끝나지 않은 사랑이 그리워 울 때면
창문이 바람으로 처마 끝에 달린 풍경 소리 같아
당신이 돌아온 줄로 예전 감정으로 돌아가곤 합니다

날이 갈수록 당신에 대한 그리움이 사무칠 때
당신의 속삭임이 들릴 듯 구름에 내 마음 실어보지만
어느덧 세월 간 벽에 부딪혀 산산이 흩어질 뿐이랍니다

인내의 백신

시계^{視界}는 새벽 안갯속
한낮임에도 가시거리는 몽상의 거리

창가를 비스듬히 비추는 잔광엔
역병의 지루한 시간이 춤을 춘다

역마살은
나만의 시간 속으로 배낭여행을 서두르고

창문 넘어
곳곳의 명소들이 환영처럼 펼쳐진다

언제까지 발목 잡는 코로나 유행
지금 내겐 인내의 백신이 필요한 것 같다

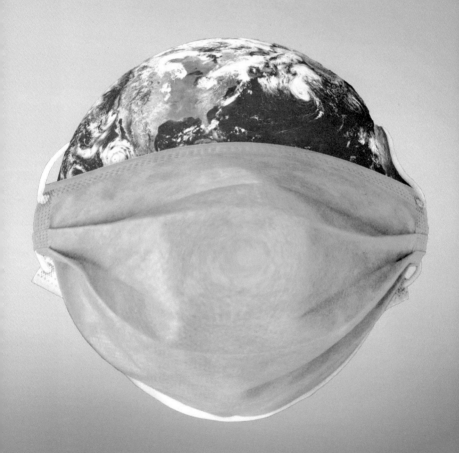

새봄을 기다리며…

심술 맞은 몸짓으로 무색을 내미는 겨울 숲 속
힘겨운 현실들이 묵은해로 숨어들며
겨울을 노래하는 찬바람은 마른 가지로 제 몸을 스친다

봄이면 가슴으로부터 밀려오는 뜨거운 감정들
숨을 곳도 없는 사막의 뜨거운 바람과도 같다
조만간 찾아올 봄은 지난해 찾아온 따뜻함이겠거늘

한 번 떠난 세월은 돌아올 줄 모르는 강물 같다
돌아선 마음이야 빙점의 빗물처럼 차가운 감정이라지만
그래도 첫사랑 같은 진달래를 맞을 채비는 갖추련다

늙은이의 시간은 다르게 흐른다

예전엔 새살이 돋는 듯
일월 일 일 일출은 희망으로 보였다
그러나 어느덧 묵은 세월로 무감각하여지는 것들로

이만 오천여 일이 눈 감았다 뜬 시간인 것 같다
해 뜨고 해가 지는 의미는 물론
수면 시간조차 낮과 밤이 따로 있는 것이 아니다

졸음은 시도 때도 없이
잠깐 찾아왔다가도 이내 달아난다
아마도 낮과 밤이 없을 저승에 대한 적응인 게다

그렇게 익어간 세월이
태풍에 낙과처럼 들판에 나뒹굴 무렵
소리 없는 발걸음은 저승길 어딘가를 걷고 있겠지…

선민^{善民} 들의 평화

풀벌레 소리도 고요한
숲 속의 아침 햇살이 신비롭다
미처 숲 속에 남아 떠도는 안개는
여느 영혼의 유영 같기도 하다

고요함으로 세상 침묵을 지키는
숲 속의 평화는
세속에서 날아든 설익은 소리로
선잠을 깨운다

풀벌레 합창보다 더 큰 개소리
위정자들 목소리는
날마다 선잠 깨는 세상으로
아침의 평화로움을 깨운다

햇살을 등에 진 까마귀 소리조차
도시 함성에 묻히는 아침은
소리 없는 고통의 절규로
눈길로는 내일을 절망스럽게 바라 본다

신문

내가 보는 신문

정치면은 늘 젖는다

왜냐면

싸가지가 더러워

침을 뱉기 때문이다

내가 지은 詩 집

겨울 빗속을 나는 까마귀
힘겨운 날갯짓으로 빈 하늘을 맴돈다

들엔 나목 한 그루
마른 풀잎 덩이만 찬 바람에 구를 뿐

속세의 길목에서
세상 속으로 날지 못하는 늙은 까마귀
헐벗은 나뭇가지에 매달린 빈 둥지만
끝없이 맴돈다

인습의 날개가 그들과 다르기 때문이다
세상은 늘 아부로 돌아간다

인생에 등불이신 임이시여!

내 인생에 등불이신 임이시여
태풍 앞에 등불처럼 삶의 불이 빛을 잃어갈 때마다
임은 삶의 심지를 곧게 세워 주셨나이다
때로는 섶에 불같은 화도 잠 재우셨나이다

언제나 물가에 놓아둔 어린아이 같은 삶으로
주신 생을 가치 없이 소멸시키며 살아왔음을
그처럼 오늘까지도 저버리지 못한 악습을
궁휼히 여기사 죄악으로부터 지극히 경건케 하소서
어느덧 삶의 모든 날이 속절없이 저물어가나이다

《시편 51편 1절》
하나님이여 주의 인자를 따라 내게 은혜를 베푸시며
주의 많은 궁휼을 따라 내 죄악을 지워 주소서

어미 새와 새끼 새

어둠 속에서 슬피 우는 새끼 새는
어미를 기다림에 지쳐, 목이 늘어진 채 잠들었다

삶을 위해 고된 하늘을 나는 어미 새는
제 살붙이에 힘든 줄을 모른 채 골수를 뿌린다

새끼는 훗날 어미의 늘어진 가슴을 보고야 알았다
내가 어미의 골수로 자란 것을…

철없이 자란 자식은 어미 죽은 뒤에야
그것도 석삼년이 지난 후에야 깨달은 것이다

오늘도 그렇게 저물어 가는 자신의 철없던 삶을
어미 되어 그때를 뒤돌아 보는 눈물로 해는 저문다

탄식의 소리

별처럼 여백에 떠있는 묵념의 시간
눈 내린 능선 타고 들리는
겨울 새 울음만이 구슬프다

잠들었던 고통이 눈을 뜨며
북풍한설 속에
끝없는 이명처럼 들리는 탄식의 소리

마른 나뭇가지마다 달린 채
눈보라에 울부짖는다
누구의 아집인가? 누구를 위한 행보인가?

위정자들의 아닌 척하는 붉은 이념의 행보
두 손으로
하늘을 가린들 양심까지 저버릴 셈인가?

내 영혼의 소망

별빛이 어지럽게 창가로 모여들 때
굽은 등에 허상의 날개를 단 채
밤마다 하늘을 나는 꿈을 꾸곤 한다

무의식의 세계와 현실과의 세계
천운^{天運}과 기수^{氣數}를 맞을 때
천상에서 내릴 시상에 희열을 느낀다

누구도 피해 갈 수 없는 생의 소멸
그럼에도 내게는
아직 최고의 시는 쓰이지 않았다

오늘 밤도 천기를 기다리며
영적인 영감으로 시 내림을 소망하는 밤은
그렇게 허상으로 깊어만 간다네

세월의 허무

맹렬하게 타오르는 모닥불 속에
젊음의 정열이 보이고 사랑의 열정도 보인다

그처럼
세월도 시간을 사르며 정열도 열정도 태워가지만

가버린 세월은 온기가 사라진 모닥불의 잔재들로
머리를 잿빛으로 물들인다

능선을 걸친 구름을 반쯤 감긴 눈으로 보는 세상이
마치 동굴 속에서 보는 세상 같다

지난 세월을 곱씹으며 보이는 것들이란
뜬구름 같은 세상에 대한 허무를 마주할 뿐이라네

천상의 인연으로

소중함이란
그것을 잃었을 때야 비로소 그 소중함을 깨닫는다
바람처럼 세상을 스쳐가는 인연이
영원히 사라져 가는 뒷모습의 비애로 가슴을 울린다

봄부터 슬피 울어대는 쑥국새의 절규처럼
커가는 그리움은 가시나무새 같은 심정 같기만 하다
그렇게 세월 속에 묻혀가는 내 슬픔이 어느 날
낮은 산자락에 걸려 이슬 머금은 난초의 향기가 되어

진정 사랑했음을 바람으로 전할 때
나~ 무덤에 할미꽃으로 피어나 영원을 함께 하리라

노인은 추억을 먹고 산다

바람을 가르며
달리는 트럭 뒤에 날리는 먼지
어쩌다 멈추면 휩싸이는 먼지들

야망과 함께
젊음은 꿈을 향해 달리는 트럭과 같다
세월이 저 뒤로 속절없이 사라질 때

세월은 노인의 눈에 갇혀
쇠잔해져 가는 기력처럼 삶이 멈춘 채
추억은 너겁으로 노인을 덮는다

능선에서 고요히 뒤돌아보는 궁노루
추억의 풀을 뜯어 먹고야 사는
나 ~ 이제 궁노루와 같다네

인습^{因習}의 끝

유백색 물고기 접시엔
까만 점으로 눈이 찍혀있다
설거지할 때마다 티끌처럼 보여
거품으로 지우려 애쓰지만
아 ~ 눈이었지 이내 체념한다
그러다 어느 날부터
물고기 눈이 보이지 않았다
아니 내 눈에 보이지 않았다
주검이 인습의 끝이었다

인생은 아쉬움인가?

서러움으로 엄마 찾는 어린아이 모습처럼
내 영혼은 노을지는 하늘만 바라본다
가슴이 저며오는 가을 저녁
여느 삶처럼 노을은 왜 저리도 붉은가?

삶에 대한 숙제를 못다 푼 아쉬움들로
세상에 미련을 두고 갈 것 같은 내 마음

삶으로 포장된 시구詩句를 남겨 놓은들
진실만으로도 인생은 아쉽다, 사랑도 우정도…

시감詩感에 젖다

심연의 오솔길을 그림자 같은 고독을 동반한 채
영혼을 스치는 갈바람 소리를 듣는다

살아있는 동안 삶의 진리를 깨닫기 소원하며
바위를 휘돌아 가는 냇물의 순리에 가슴을 적신다

맑은 영혼의 아이들처럼 재잘대는 시냇물 소리
거친 세상을 떠나 나만의 작은 천국, 시감에 젖는다

민초들의 겨울 길목

바람 지나는 길목에 풀 가지들
마지막 잎새조차 바람에 내어준 채
윙윙 ~ 휘파람 울음을 합창한다

흔들리지 않으려 하여도
바람은 쉬지 않고 불어 대거늘 갈 곳 없는
민초들은 그렇게 눈보라 산천을 서 있다

밤이면 가슴 깊은 곳의 진실에
귀 기울인들 보이지 않는 희망
가슴 끝이 저린 뭇 영혼들로

천 개의 슬픔으로 모인 한恨 서림은
겨울 하늘을 떠돌재
하늘의 송시頌詩 되어 가슴을 후빈다네

감악산 오작교

단풍으로 불타는 나뭇가지들
감악산은 낙엽으로 가지를 진화鎭火 중이다

세상 참새들 입방아로 지친 세월의 상처를
낙엽으로 덮는 감악산

마른 잎을 흔들던 댓바람은 잔가지에 부딪혀
한恨 서림으로 조각난 채 가슴으로 흐른다

천 년을 못다 한 인연의 감악산 로망스
오늘 오작교 만월에 불멸의 한을 맺어 간다네

내 영혼의 놋그릇

시구詩句는 어느덧
내 영혼을 담는 놋그릇이 되었다

비록 빛으로
세상에 드러나지는 못했지만

시구 속에 내가 존재하기를 원하며

사람들의 눈길이 잠시라도
머무는 곳이 되어주기를 바랄 뿐이다

욕심 없는 내 영혼은

오늘도 세상과의 거리를 둔 채
빈들을 고뇌의 나그네로 지날 뿐이다

내 영혼 별이 되어

적막이 스치는 밤이면 들리는 낮은 소리
창가를 기웃거리던 오동잎 하나 비틀거리며 내린다

사랑과 그리움 사이 세월의 간섭이 있지만
실행 못한 고백은 영원한 빈 배의 항해일 뿐이다

언제까지나 내 마음, 신의 의식 닮기를 소망하며
늦은 밤 세월의 고단함을 기도로 잊어갈 재

지친 하루가 소슬바람 되어 하늘로 오른다
그때 내 영혼도 작은 별이 되어 세상 창을 닫는다네

인생을 시침질하다

막바지 가을은 찬 바람으로
갈잎을 쓸며 가을을 시침질한다

단풍잎을 물들이던 그 바람으로
갈잎을 본래의 자리로 데려가겠지?

내 초라한 삶을 시구로 덮어 가지만
내게도 그런 바람이 분다

그것은 마치 요양원 문앞에 남겨질
늙은 에미와 딸의 모습과도 같다

지^智의 영혼

영혼이 아기로 세상을 찾아올 때
인종을 구분하지는 않는다

동물의 몸을 빌려 태어난 본능은
자기 기만 속에 살아가지만

영혼의 세계에서는
스스로 신분상승을 할 수가 없어

오직 세상에서의 봉사와 고통만이
신분을 높힐 수 있다고 한다

영혼의
세계에도 성별로 구분되어 있지만

지적 수준이 높을수록
남녀의 구분을 두지 않는다고 한다

달맞이꽃

한 영혼이 두 마음을 품은 채
스쳐 간 수많은 시간일지라도
노인에겐 어릴 적 꿈의 DNA는 남아있다

그때의 마음 밭에 심어진 문학의 씨앗,
현실에서 길러진 욕망의 줄기 사이에서
시구^{詩句}로 피어나 달맞이꽃이 되었으니

아스라한 향수로 눈가에 이슬이 맺힐때
다시 한 번의 기회만큼
가슴 뛰게 하는 것도 없으리라

인정하는 이 없어도 스스로 행복하다면
그 인생은 성공한 것이 아니겠나?
이젠 내 손자들을 꿈꾼다,
그들의 미래를…

사랑의 허수깨비

내면을 소란하게 하는 말
너를 사랑해
그것은 세상에서 가장 복잡한 언어
숭고한 언어

세상을 고요하게 하는 말
당신을 사랑해
소슬지는 가을밤의 서정
사랑과 우정을 함께한 영원한 동반자

여행지에서 만난 사람들

여행 속 추억들이
따뜻한 찻잔 속에 향기처럼
향기로운 세월로 기억에 남는다

쓸쓸함이 묻어나는 겨울밤이 찾아들 때
스쳐 간 그들과의 소중한 인연 속에
안녕을 비는 그들의 인사가 그립다

오드리 헵번이 앉았던 로마의 계단
파란 눈의 할머니 할아버지 손잡은 모습
카메라 앵글 속에 미소가 아름답다

스위스 슈퍼마켓 푸줏간 아저씨의 큰 소리
서툰 한국어로 삼겹살 있어요
돌아보는 나와 눈 마주치며 손 흔든다

아름다운 풍경이 기억에 남지만
처음 보는 사람들과의 따뜻한 미소는
가슴에 그리움으로 남는다

저녁의 붕어빵

나는
붕어빵을 먹을 때 머리부터 취한다
살아온 기억을 지우기 위하여

서러울 땐
붕어빵을 먹을 때 꼬리부터 취한다
과거로 돌아가고 싶지 않기에…

때론
가슴팍을 물어 뜯기도 한다
기억하기 싫은 추억의 상흔 때문에

흘러간 세월
햇살 닮은 붕어빵엔 붕어가 없다
이제야 달곰한 단팥, 행복에 취한다

동반자

사랑이란 때로는 슬픈 모습으로
눈시울조차 차갑게 다가오기도 한다

미운 정 고운 정으로
안개 낀 수평선을 하염없이 바라보며

숲 속에 한 그루 매화처럼
가슴으로는 홀로 사랑을 키우기도 한다

세상 길을 내 손잡고 가는 사람
사랑과 우정을 함께한 동반자, 그대여…

가을 하늘

구름 한 점 없는 가을 하늘은 청초한데
까닭없이 서글픈 고독만이
잔잔한 푸른 바다를 돛단배처럼 하늘을 흐른다

마음 밭에 심어진 율어律語의 씨앗 하나
피어 보기도 전에 저버림을 비웃기나 하는 것처럼
하늘은 바람 한 점 없이 청초함을 뽐낸다

초야에 흩뿌려진 가을의 붉은 서릿발에
내 마음만 끝없는 고독으로 물들어 갈재
청천엔 까마귀들로 제 세상인 양 무리 지어 날고 있다

민심이 하늘이거늘

바야흐로
산하에 붉은 빛이
세상을 태울듯한 불길 같다

무엇을 태울지는
하늘만이 알 일인지라
한숨 짖는 민심이 하늘을 덮는다

가을밤

바람 한점 없는 가을이 고요하다
구름도 나처럼 세상을 느리게 흐르며

세상을 지나는 노객에 할 말이 있는 것처럼
가을은 깊어만 간다

스스로
영속永續에 꿈을 꾸다 잠들게 하는 가을밤

잃어버린 시절을 찾아 기억은 먼 시간으로 떠난다
등에 진 것은 오로지 서러움 하나를 채운 채로…

세월이 노을로 물들 때

비 내리는 세상이 연푸른 수채화로 물들수록
내 마음은 서정의 빛으로 시가 되어 간다

이중적인 선악의 양면조차
이성과 본능의 갈등은 서정의 꼬리로 변하고

잠자리 날개에 맺힌 이슬과도 같은 삶의 무게
아침 햇살로 말려 주시는 이, 내 손을 잡는다

지는 삶이 아름다운 노을을 닮아
내 삶에 아내가 있고 아이들이 있어 행복하다

지난날 살면서 받은 상처들
그 세월조차 포용할 수 있는 너그러움에 담긴다

원적산, 천덕봉

무적산 지명에 덧씌워진 원적산
인생은 빈손으로 왔다 빈손으로 간다는 무적산
세월이 무적산처럼 가슴안에 욕심 찌꺼기로 쌓여있다
때로는 그리움이 눈에 이슬로 맺힐 때 산상은 내 로망이거늘

영혼이 고통을 느낄 때 스스로 산상을 걷는 꿈을 꾸게 한다
소명을 못다한 세상살이는 내 죄가 하늘 끝까지 닿으리니

천덕산 제단에서 아이의 맑고 순수한 눈길로의 속죄로
세상에 흘리고 온 카르마를 지울 수 있기를 소망하여 본다
산을 오르며 오늘처럼 새의 날개가 부러운 적도 없었다
발아래 나는 까마귀, 세상의 느낌표처럼 울고 또 울어 지친다

암 병동

삶의 고통으로 눈물조차 마를 때
추억 속 놀던 옛 자리 잡초로 무성해진다
내일을 꿈꾸며 영혼의 고통을 느낄 때
마지막 보는 세상인 양 햇살만이 눈길을 잡는다

세상으로부터의 서운함을
침묵으로 말하려는 듯, 마른 모습에 잔주름들
세상의 모든 고통을 겪는 저주의 세월로
주검의 바람에 흔들리는 영혼 자락

죽음이 가까워질수록 병실에 공기도 무겁다
뒤돌아 갈 수 없는 삶은 오늘이 마지막 밤일 듯
눈에 밟히는 아기를 품은 모습으로
새댁의 눈물은 프리즘으로 천상을 닿는다

다 ~ 줄 수 있어도
생을 나누어 줄 수 없는 무력함,
가족들의 애닯음은
한숨과 슬픔만이 병실을 채운다
거기까지가 생애 임무를 다한 세상이
원망스럽게 저문다

발왕산의 서정^{抒情}

시월 초의 발왕산은
단풍든 옷을 짓기 시작하였다
왕이 태어날 자리답게
주위에 산들을 발아래 두고
가던 가을을 멈추게 하려는 듯
겨울의 길목에서
계곡의 바람도 숨을 고르며
구름조차 스스로 낮은 자세를 갖춘다

지난날 잘난 것 하나 없이 살아온
영욕의 세월이
산과 마주하며 초라한 빈객으로 나를 본다
산은 무거운 짐, 내려놓아라
건들바람 불어대지만
가슴에 숨어있던 아픔은
눈가에 이슬로 맺는다

노을은 나처럼 마음이 슬픈 거라고
산 그림자를 비추며 선
슬픔을 지우려
서산에 노을의 장막을 서둘러 걷는다

독백

풍문에 의하면 당신의 기억 속에 나의 존재가
아직도 안중에 있다는 것이 나를 설레게 합니다
비록 크기가 다른 젓가락처럼 빈부에서
차이가 나긴 하였지만 추구하는 바는 같았거늘

그런 당신이 낙엽처럼 홀연히 떠난 빈자리
공허한 바람만이 휘돌아 갈 뿐입니다
내 마음에 물든 당신의 무지개 같은 생각들
어느 색깔인들 싫어할 수가 있겠습니까?

내 인생이 노을로 물들어 갈 때 까지도
스무 살 적 미소를 지을 수 있도록 추억을 남긴 그대
영원한 시간의 현재 속에서 공감과 상상력으로
당신이 떠난 처지를 이해할 수 있기를 소망합니다

그러나 아무리 그런들 당신이 그리워 중얼거리는
내 독백은 빈 허공을 채울 뿐인 것 같습니다

내가 기도로 견디어 왔나이다

삶을 팔아 꿈을 살 때면
늘 까마귀 울어 불길함을 흘려놓았다

지난날들의 잘못을 깨달으며
후회로움으로 가슴에 통증을 남기지만

비를 피하기 위하여 우산이 필요한 것처럼
세상 근심엔 늘 임의 위로가 필요하였다

질곡의 길을 걸으며 기도로 채워 간 세월들
내 삶이 그것들을 기억하고 있음이라…

요한 계시록 2장 3절 《또 네가 참고 내 이름을 위하여
견디고 게으르지 아니한 것을 아노라》

내 시간은 미완성

시간을 상품처럼 진열한 가게가 있다
과연 당신은 어떤 시간을 사겠나?
단 미래의 시간으로만 그것을 거래할 수가 있다

체공을 흐르는 내 시간은
받아들일 수 없는 주름살의 흔적뿐
어느덧 시간의 블랙홀로 거래가 공허하게 사라졌다

음악과 시는 명상처럼
창조성은 고독을 통해 만들어진다
그 시간을 내 것인 양 덧없는 미래를 지불 하려니

애쓴들 불후의 시는 미완성인 채
강 건너 날 기다리는 희미한 그림자
이제야 당신과의 안식, 영원한 시간으로 지불합니다

지리산 천왕봉

대지의 어머니, 지리산
키가 큰 지리산은 세상의 숲을 키우는 듯
천왕봉에 선, 내 가슴도 감동으로 부푼다
지리산 바위틈에 끝없이 흐르는 샘물은

세상의 발원지처럼 하늘을 향하여 솟는 중이며
팽나무 가지 끝에 달린 꾀꼬리 둥지는
내 생애 마지막 삶의 끝에 달린 고치 같다
소쩍새 밤마다 우는 소리, 산사의 인경 소리
고요를 가르는 스님의 독경 소리는 하늘을 깨우며
천지 삼라만상을 완성하는 듯 여명조차 차츰 밝아온다

침묵은 그리움의 시위

오락가락 내리는 비가
방앗간에 드나드는 양상군자 같다

안개 바람은 속절없는
그리움으로 노도처럼 밀려오거늘

세월 속에 묻어두고 온 한 줄기 사연은
내 기억의 실마리를 풀어

가는 세월의 독백으로
지난날의 그리움이 머물고 있다

오늘도 그렇게 당신과의 여정은
침묵의 시위로 꿈속을 걷고 있습니다

당신은 항상 내 마음속에 있다

당신을 멀리하기엔 당신은 너무나 아름다웠다
우리가 다시는 가까이 마주할 수 없다는 걸
나도 너무나 잘 압니다
그러나 마지막으로 당신 곁에서 당신 향기를
한 번 더 맡을 수 있기를 소망합니다

인간의 불가사의한 것 중의 하나가
향기를 기억한다는 사실로
앞으로 살면서 어디선가 그 향기를 맡을 때마다
나는 당신을 기억할 테니깐 말이죠
아마 당신이 내 곁에 있다는 것으로 착각하겠죠
저 높이 있다는 걸 믿을 수 없을 겁니다
그렇게 당신을 잊지 못하는 것은
당신을 너무나 사랑했기 때문이 아니겠습니까?

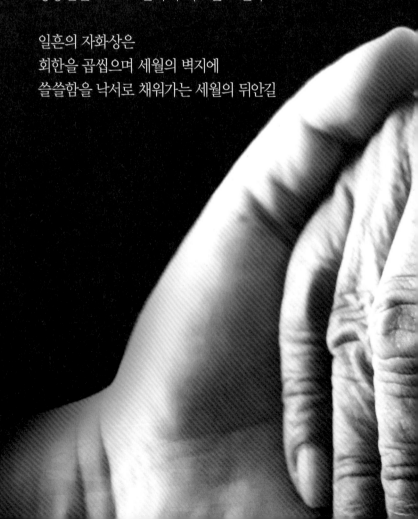

노인의 자화상

예순의 자화상
삶의 곳간에 채워진 세월의 양식들로
망중한은 스스로 만족의 미소를 보인다

일흔의 자화상은
회한을 곱씹으며 세월의 벽지에
쓸쓸함을 낙서로 채워가는 세월의 뒤안길

여든의 자화상으로는
무표정한 주름의 생애 흔적으로
경지의 눈빛은 이승과 저승을 넘나든다

구순의 자화상
…
이 세상의 다음 데이터!

나 어린 날들

그리움은 늘 먹구름에 눈마저 흐려진다
소중한 기억들을 두고 온 그 세월로
문득 질풍처럼 달려가고 싶어진다
개구쟁이 동무들과 뛰놀던 옛 동산

매미 잡고 여치 잡고 쇠똥구리 잡던 곳
같이 놀던 송아지 여린 풀 먹이며 눈 마주치다
엄마 소 누렁이 울음에 놀라 달음질치던 곳
하나도 그립지 않은 것이 없다

밤이면 쏟아질 것 같은 별들을 헤이던
내 동무들은 간곳없고 갈바람에 낙엽만 구른다
어느덧 꿈을 팔아 살아온 세월 끝자락 가지엔
갈까마귀 앉아 허무한 삶을 조롱하듯 울어댄다

나의 집

나의 집은 동쪽 해 뜨는 마을에 있다
해 지면 달려가는 곳
내 마음의 나침반이 그곳을 가르킨다

마르지 않는 사랑의 샘터
그리움은 센 바람 타고 멀리 가나
향기는 나비의 날개바람에도 소멸하거늘

가슴으로 품는 아내의 향기 아이들의 향기
파란 하늘에 흰 구름이 줄지어 흐른다
그 모습 모두 하트를 닮았다

자각몽

어제는 한 시간이 부족한 날이었지만
오늘은 한 시간이 남는 날이다
그러나 내일은 그날들로 기도한 날이다

애증의 세월

당신의 눈물이 내 영혼을 적실 때
바람도 가던 길을 멈춘 채 귓불을 세운다

당신 없이 건널 수 없는 애증의 강
감정의 고통이 비가 되어 마음도 젖는다

오늘 밤도 하늘의 별은 빛나는 것을
내 마음 호수엔 당신의 모습도 영롱하다

그처럼 당신은 내게 온전한 사랑이기에
부끄럽지 않은 내 손길을 내밀어 봅니다

때로는 세월이 우리를 속일지라도
당신을 사랑하는 내 마음만은 본능인 것을

오직 멈춰 서야 할 곳이란 저 하늘 끝 어딘가
우리 사랑의 영원한 별자리가 아니겠소…

명성산

이른 아침 명성산은 구름이 내려 나즈막하게 보이고
잠에서 덜 깬 장 닭 울음이 구름 속을 헤맨다

하늘만 보이는 산봉우리엔 아내와 붉은 해를 맞으며
구름 위 기러기 행렬이 남쪽으로 줄을 잇는다

마치 안개 같은 세상을 고요한 천상과의 이음 줄처럼
나와 아내를 영원한 천상으로 안내하는 것 같다

나의 번뇌를 씻기려 햇살은 가슴으로 스민 채
구름에 실린 나와 아내는 천사의 미소를 보는 것 같다

신이시여!

홍수로 인한 수재민들의 영혼을 가엾이 여기소서
긴 장마로 그들이 슬픔으로 지쳐가고 있나이다
그들은 시간을 쪼개어 성실한 삶을 살아온 촌부들로
삶의 터전을 잃은 그들의 상실감을 채우소사
이전보다 더 풍족한 삶을 누리게 하소서

또한 가족을 잃은 고통을 산 자들로 아픔으로 함께하사
나 외에 생명을 더욱 소중하게 하소서
무엇이 그리도 급해 신의 곁으로 달려간 영혼들
세상을 돌처럼 구르며 살아왔을지언정
그들은 정령 돌이 아닌 보석이었나이다
하늘에 오른 그들로 별이 되어 세상을 빛나게 하사
무지개 안부로 그들의 가족들로 안심하게 하소서
머리 조아려, 나만의 신에 이름으로 기도 하나이다

음악 기행

세월에 장사는 없다지만
마음은 꿈동산에 머물러 나비가 되어 꿈을 찾아 난다
모정의 일을 꾸미는 아이의 가슴처럼
설레는 마음으로 찾아가는 미지의 여행지

오래전부터 늘 머무는 곳이 있었다
오스트리아 빈 그리고 잘츠부르크
음악은 신이 인간에게 내린 최고의 선물이다
그들처럼 주검을 발아래 둔 채
내가 좋아하는 모차르트의 자이데를 들으며
일탈을 배낭 하나 매고 꿈속으로나마 그곳으로 떠난다
한 포기 풀 같은 소망이 내 생애 나머지 시간 속에
그 시간도 있어주기를 기원하며…

아이들의 무지개 이름

아직 가슴에 온기로 남아있는 추억의 그림자
아린 가슴안에 고운 기억들로
아쉬운 세월을 곰 삭혀 살아가는 행복 속에

퇴장하는 노배우의 쓸쓸한 뒷모습은
아직 못다 한 이야기들을 남겨 놓은 채
줄줄이 달린 그 세월이 풀죽어 떠난다

달빛에 의지한 채 강변을 걷는 검은 그림자만이
긴 옷자락 펄럭이며 그 마음조차
세월에 지친 그림자인 양 쓸쓸하기만…

끝내는 놓지 못할 사랑이란
죽음 뒤에 찾아오는 마지막 고요함으로
하늘에 무지개가 나, 그토록 사랑했던 이름이었다

불면의 기억

비 오는 날이면, 어느 날
간이역에서 스치듯 만난 인연의 기억이
빗물로 그리움 되어 차창으로 끝없이 흐른다

자두의 신맛으로 모든 기억을 지운 자리에
"사랑이 있기에 세상이 아름답지 아니한가?"
그의 말이 자색의 장미로 가슴에 피어난다
봄바람처럼 다가와 갈바람으로 사라지는 자리에
기억의 흔적들을 지우려 하지만
추억은 다만 산 너머 무지개 마을에 머물 뿐이다

詩의 불꽃

생애 순례의 여정은 노을로 물들고 있으나
詩에 대한 열정은 정오를 가르킨다

불후의 詩作에 대한 열정으로 태우는 감성
언제까지 꺼지지 않는 불꽃은 태양을 닮는다

필연의 외길에서 만난 숙명,

죽음의 바람도 거스를 수 없는 불꽃으로
사람들의 가슴에 한 점의 감성으로 날고 싶다

명상의 밤

내 영혼의 바다
어두운 마음이 무게로 가라앉는 곳

뇌운이 머리 위를 맴도는 슬픔이
광풍처럼 훑고 간 세월의 흔적으로 묻어날 때

재생되지 않는 인생으로
때로는 스스로 유배의 섬이 되기도 한다

그런들 시간을 넘나드는 명상의 밤이면
그 세월이 바람으로 망각의 세계로 흩어지겠지

할머니 추억은 무지개

할미가 별이 되어 남긴 자리는
우리들 마음 안에 무지갯빛 추억들로 가득하다

날마다 빨간색으로 보고 싶어 그린 할미 모습에
주황 글씨로 "할미 사랑해요" 라고 쓴다

비 올 때면 노란 우산 들고 교실로 찾아와
초록색 가로수 길에 손잡은 할미 손은 늘 따뜻하였다

때로는 추운 겨울 파랗게 떠는 내 강아지 아플까 봐
노심초사 건강을 기도하는 우리 할미는 고운 천사였지

파란 하늘 아래 엄지 척, 세상에서 네가 최고야 하는
우리 할미는 보라색을 좋아했어요

빨주노초파남보 무지갯빛 추억들로
하늘만큼이나 보고 싶은 그리움, 할미 많이 사랑해요

민초들의 눈물

세상을 내리는 거센 빗줄기 추적 추적
민중의 영혼을 위로 하는듯 흐느끼듯 내린다

하늘의 번개는 위정자들의 빈 소리를 덮는 듯
무지개 그림자 마저 지우려 먹구름도 두텁다

하늘 같은 민초들의 함성이 핏발을 세우며
밤마다 무지개 꿈꾸며 영혼의 촛불을 댕긴다

붉은 능소화

하늘을 우러러
끝없는 기다림을 피워내는 능소화
붉은빛을 보는 이 가슴도 아리다

사랑은 봄에 피는 꽃처럼 다가오나
그리움은
여름의 붉은 능소화로 가슴을 태운다

세월조차 끝 모를 절개를 간직한 채
낙화하는 능소화
만인이 흠모하는 불멸의 시가 된 채

바람도 울다 지친 능소화 진자리
저 멀리 붉은빛의
노을도 한 걸음 두 걸음 머물다 간다네

선녀들의 시궁산

전설이 잠들어 있는 시궁산
선녀들이 목욕하였다는 산상의 호수
산봉우리들만 광활함으로
세상 번뇌를 씻겨 준다

말 없는 청산만이 엎드려
세상을 고하는 듯이
하늘은 어떤 절규를 위로하는 듯
이따금 먹구름 사이로
고요한 은빛을 내린다

자비하신 하늘이시여!
세상의 절박한 인생들을
가엾이 여기소서

약자들의 한 서린 통곡이
땅을 가르는 듯하나이다

새벽 별

내 삶이 여울질 무렵
미래의 생을 위하여 달려온 시간의 밀도
스스로 오해한 진실 앞에 무너지는 생의 허구들
망연한 눈길은 이슬로 무지개꽃 피운다

낮이면 하늘을 담아 뜬구름 모아두며
밤이면 달과 별들로 세상을 키우는 작은 호수처럼
내 작은 가슴은 그렇게 연륜의 세월을 담았다
젊은 가슴에 담았던 세상 그림자

바람이 윤슬로 호숫가에 담긴 산 그림자 지워가듯
어느덧 늦은 세월이 내 생애 아성을 지워 간다
그러다 문득 그림자 지워지는 어느 날 밤, 하늘 문 열릴 때
새벽 별 헤이는 그때의 소년으로 나 돌아가리라

요한계시록 2장 28절
내가 또 그에게 새벽 별을 주리라

백두대간 오솔길

숲 속에 내리는 햇살들로
바람에 흔들리는 연녹색 잎들이 반짝이며
바람은 내 영혼을 위로하는 듯
옷깃과 두건을 스치며 숲으로 돌아 간다
백두대간
홀로 걷는 숲길, 늘그막에 이런 호사도 없으렸다

새들도 지절대며 노래할 때
요란한 낙엽 밟는 소리
산객을 곁눈질로 살피고 있는 멧돼지

마주 보며 호랑이 인상을 지어 보이지만
멧돼지는 흥!
그래봤자 힘없는 늙은인걸 하며
우습게 생각하는 듯
고개 돌릴 무렵 뾰족한 산 돌을 집어 던졌다

엉덩이에 맞는 순간 놀라
언덕배기 아래로 치달린다
내 가슴도 오토바이 소리처럼 마구 뛴다
그러나 숲 속은 이내 정적으로 찾아드는
한낮의 오후 산돼지도
안도의 한숨 소리 들리는 듯하다

검단산

두고 가는 한 조각의 넋으로
산은 내게 온유한 빛의 영감을 내린다

내 삶에 역경의 산물 같기도 한 풍광들
가슴은 뜨거운 감정들로 벅차오른다

세상에 쌓인 감정들이 용서가 되고
사랑의 감정들로 신의 용서를 간구하며

정화되어 가는 감정들, 어쩌면 이것이 태곳적
신이 주신 인간 본래의 선함이리라

〈고린도전서 13장 5절〉
무례히 행하지 아니하며 자기의 유익을 구하지 아니하며
성내지 아니하며 악한 것을 생각하지 아니하며

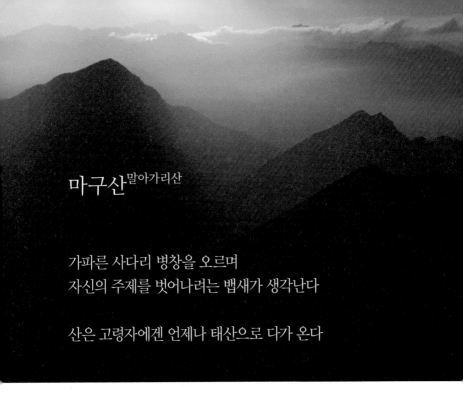

마구산 ^{말아가리산}

가파른 사다리 병창을 오르며
자신의 주제를 벗어나려는 뱁새가 생각난다

산은 고령자에겐 언제나 태산으로 다가 온다

숨 가쁜 날숨에 낙엽과 작은 벌레가 태풍을 맞지만
날숨의 태풍은 역풍으로 내 한계를 시험 받는다

움직이는 고통은 스스로 질문자가 되어
정녕 지나온 삶이 아팠더냐?

그런들 스스로 정복하여온 삶이 저 산 위에 있다는걸
정복의 성취감의 만족을 너도 알고 나도 알고는 있지!

그러나 산은 황새를 키워, 세월로는 뱁새로 만든다네

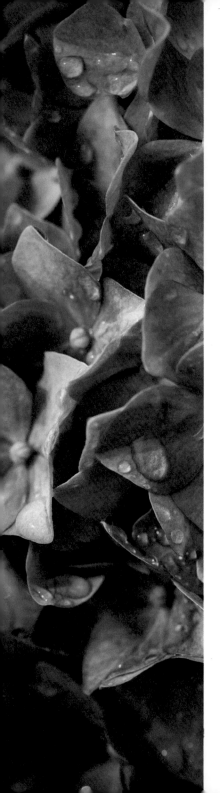

비 맞는 수국

새벽 안개비 내리는 여름날
수국은 물의 정령과
아름다운 사랑을 꿈꾼다

비 맞는 수국이 처연하리 아름답다

새들도 날갯깃으로
부리 감춘 채 속울음으로
무지개 천상을 꿈꾸게 하는
세찬 빗줄기
천상의 색채로 그리움 물들이며
빗물을 가슴으로 담아
한으로 흘리는 수국

이슬 한 방울 그리움 한 방울
송이송이 맺힌 채
수국은 천상의 사랑을 꿈꾼다네

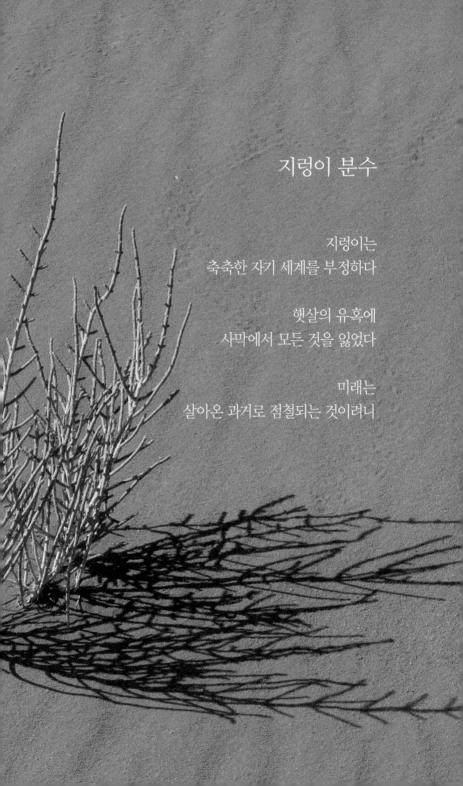

지렁이 분수

지렁이는
축축한 자기 세계를 부정하다

햇살의 유혹에
사막에서 모든 것을 잃었다

미래는
살아온 과거로 점철되는 것이려니

안개 낀 태화산

구름 두루마기 걸친 태화산 오솔길은 실루엣 같다
보이지 않는 꽃들의 향기와 희미한 초록빛의 나래들

안개로 끝이 보이지 않는 작은 오솔길 위엔
날개 없는 내 영혼만이 작은 새가 되어 가슴만 띈다

태화산 정상에도 구름의 스카프로 가려져 있어
네가 날 볼 수 있겠느냐? 돌아가라 하지만

장엄한 아름다운 모습으로 기억에 남지 않는다면
혹은 감정이 남지 않는다면 또 한 번 찾아오고야 말리라

저기 기암석에 납작한 소나무만이
시성으로 저 끝을 오르지 못한 내 감수성 같기만 하다

내게도 기억에 남지 않는 산이란 없기에
미련은 늘 빈자리로 남겨두며 오르고 오르라 날 부추긴다

그대는 햇살 지기 풍접초

잔잔한 실바람이 풍접초 꽃잎을 희롱하며
따뜻한 햇살이 꽃잎을 비칠 때
꽃을 바라보며 황홀해하는 그대를
바라보는 애잔한 눈빛이 또 하나 있답니다

햇빛과 잔잔한 바람이 윤슬을 빚는 것처럼
그대의 아름다운 모습과 미소는
내 가슴에 윤슬 같은 파장을 남깁니다
그대는 풍접초 같은 영원한 햇살 지기입니다

세월의 연민

꿈꾸던 어린 시절, 꿈들이 행진하는듯한 뭉게구름들
고향 툇마루에 누워 바라보던 비행기 구름, 강아지 구름
코발트 빛 춤추는 하얀 뭉게구름이 보고 싶지만
어느덧 퇴색된 세월로 내 눈의 총기도 잃어간다
이런 날엔 꼭 그런 하늘의 모습일 텐데 보이지 않는다
간밤에 그간 병고에 시달리던 지인의 부고장이 날아들었다
내게도 그렇게 살날이 뿌연 눈빛처럼 희미한 나머지 세월
자존감이 흔들리는 가슴속 먹구름은 금방이라도
비가 될 듯 억지로 참아내야 하는 눈이 맵다

첫 산행 가리산

때로는
뒤늦은 인사가 미안할 때가 있습니다
깜깜한 길을 일러준 사람에 대한 감사
혹은 잃어버린 물건을 되 찾았을 때의 고마움
미처 기쁨과 감동이 앞섰기 때문이지요

내게 그런 산이 하나 있습니다
보이지 않던 신세계를 보았을 때의 감동이란
심봉사의 일부분이겠으나

산이 거기 있는 이유보다 더 큰 이유였습니다
이십년 전의 그 감동을 이제야 붙여봅니다

지금도 잊혀지지 않는 감동
나를 처음 높은 봉우리에 세운 가리산
제 무등으로 또다른 세상을 보여준 감동의 가리산
홍천으로 귀촌하고 싶어 처음 찾았던 정상
들머리 막국수도 맛있었습니다

기도^{祈禱}는 염원^{念願}인가?

물먹은 솜처럼
비운 마음 안에 성경 말씀으로 채운다지만
성자들은 내게 무엇을 기억시키려 하였는가?
난 무엇을 각인하여 혹은 각성하며
내 삶의 기둥으로 삼으려 하였는가?
예수의 생을 두 번이나 보낸 삶 속에
지구를 덮는 성경 구절 하나 가슴에 새겨진 것이 없다

믿음 하나 얻기 위하여 생을 불태웠다지만
그림자조차 남지 않는다 미려 그들의 설파^{說破}처럼
내 어찌 구원을 바란다 말할 수 있겠으랴
믿음이 약한자여 날리는 겨 속에 내가 있을지니
원망은 천국이 아닌 곳에서 통곡으로 남을 것이리라
백 년이 하루살이 보다 못한 삶이었다
과연 내일은 무엇인가?
믿음으로 두드리면 죽음으로 닫힌 문은 열릴 것인가?
그것이 문제로다 믿음이 부족한 자여 그것이 문제로다

《전도서 1장 5절》
해는 뜨고 해는 지되 그 떴던 곳으로 빨리 돌아가고

그대는 장미 한 송이

아침 이슬 맺힌 장미 한 송이
햇살을 비껴선 자태가 고혹적이다

달팽이, 무지개 하늘 다리 지날 때
무지렁이 세상 행복을 꿈꾼다

어느덧 저녁노을을 나는 하얀나비
호접지몽 세상을 날고 이 세상을 난다

설악산 대청봉

삶의 주춧돌이 깨지는 순간처럼

소리없이 울음 울고 싶은 산

가슴속 응어리를 토하도록 울게 할 것 같은 산

드센 관목들도 낮게 엎드려 숨죽여 사는 곳

깊은 설악은 신의 모습을 닮았다

두륜산 천국의 계단

두륜산을 낮게 넘는 둥근 달
나뭇가지마다 조각난 채 걸려있다
밤에 빛나는 별들처럼
많은 시간을 보낸 세월의 가지에 걸린 시구들

시는 상상의 언어이며 자신과의 밀어다
돌아보는 글들이 지친 마음을 씻어 주기도 하지만
더는 갈 수 없는 생의 길목에서
감당키 어려운 삶의 무게가 느껴질 무렵

병들어 가는 육체는 약들이 하나둘 개입이 늘어난다
육체를 지닌 삶이 불편한 그 순간들

해남 두륜산 정상으로 오르는 천국의 계단 끝이
내 거처인 것처럼 보인다
나비 같은 몸짓으로 생의 유희 나빌레라
저 높은 두륜산 천국의 계단 끝을 끝없이 맴돌아 간다

곰개나루 해넘이

동해안 해 뜨는 노을을 바라보던 소년이
세상 여행으로 감성을 쌓은 채
어느덧 해 지는 서녘 노을을 바라보는 노인이 되었다

어둠의 장막을 헤치며 가슴까지 불태우던 태양이
마지막 생을 태우며 노을 지는 불꽃으로
어둠의 장막 그 너머 천국을 꿈꾸게 한다

내 것이었으나 내 것이 아니기도 했던 삶
이 세상을 어떤 모습으로도 윤회를 거부하기를
기도로 염원하며 어둠 속에서 신의 손을 잡고자 간절하다

내 작은 가슴

고요를 가장한 어둠속에서
오랫동안 잊었던 기억이 내게 말을 걸어온다

어떤 그리움과 아쉬움이 세월 자락에 달린 채
뒤로는 회한이 어슬렁거리며 따른다

만료되었다던 사랑의 감정조차
강물처럼 세월을 거슬러 바람으로 찾아들며

다리 다친 작은 사슴의 운명 같았던 세월
인연이란 이유로 슬픔으로 찾아오지만

달이 차면 기울듯이 세월 따라
누구나 멈출 수 밖에 없는 거대한 운명 앞에

진실한 고백 속에
정적만이 강 건너편에서 나를 마주하려 한다

하얀 바람 하얀 무지개

하늘의 바람은 고요히 내 발등을 스친다
순한 바람이 거친 대나무 숲을 스치며
영욕의 바람으로 내 가슴에 잠든 심령을 깨우고 간다

탐욕으로부터 또 다른 영역으로 옮겨지는 바람
눈으로 보이는 한계를 벗어나고자
심령의 영역을 찾아 떠나야 할 때를 느낀다

가슴으로 세월의 고통을 느낄 때
어느 날 하늘의 소리로 내 가슴안에 메아리 치는 울림들
저 산 넘어, 하얀 무지개 하얀 바람이 산다고 한다

검은 장대 끝 하얀 숫대

검은 장대 끝에 그리움 달린 하얀 숫대
임 가신 장대 그러안고 하늘로 오르는 넝쿨 장미
바람에 하늘거림이 무명저고리 옷고름 같다

그토록
애처롭게 붉은 정절로 숫대 끝에 앉은 붉은 장미는
바람 소식을 부여 안을 때 눈물도 붉다

임은 차마 세상에 더는 머물지 못할 고통이였기에
마지막 점 하나 사랑으로 흔적 남긴 채
하늘의 바람 따라 천상으로 갔으니

장미는 가시 덮인 정절을 부여 안은 채
임을 향한 바람결에 붉은 잎 흩뿌려 그리움 태우며
밤마다 이슬로 혼절한다

밤하늘에 알바트로스

때로는 시인온 세상의 모든 것들을 그러모아
영혼을 태우는 화부이기도 하다

남모를 서러움을 스스로 태우며
한 마리 알바트로스를 자처하며 밤하늘을 날기도

별지는 밤이면 스스로를 낮춘 채 영혼을 관조하며
낯선 생각들에 허울을 벗기도 하지만

어떤 서러움은 드립 커피를 내리듯
유리창을 흘러내리는 빗물처럼 가슴으로 내리며

사연 하나 가슴으로 품은 채
회색비 내리는 세상을 정처 없이 걷는 나그네 된다네

경전의 기도

눈에 보이지 않는 미세먼지들
빈틈으로 스며들어 어딘가에 쌓이고 쌓인다

보이지 않는 세상 인심으로 가슴에 쌓인 서운함
걸레로 지울 수 없는 흔적들

산사에 불어대는 바람의 인경 소리
회색 공간을 채우는 안식의 교회 종소리

가슴으로 잦아들 때 경전의 기도는
신의 소리로 세속에 물든 영혼을 위로 한다네

부부의 꽃말

늙어서도 부부의 시선이 한 곳을 바라본다면
당신의 삶은 아름다운
사랑의 감정으로 시 詩가 된 세월이었습니다

지금도 흑장미를 빨간 장미라 말했을 때
기꺼이 빨간색이 예쁘다고 한 당신은
예전 제 눈의 안경으로 변하지 않은 것입니다

그런 사랑을 내일이면 잃어버릴 시간이 될까 봐
오늘도 진심으로 사랑을 갈무리하며
정성으로 세월의 흔적을 남겨 놓겠지요

바람조차 애틋한 흔적을 지울 수는 없을 겁니다
그리고 보니
당신들 부부의 꽃말은 사랑이였나 봅니다

연꽃

진흙의 본심으로 피어난 연꽃
고이 자란 딸처럼 순결함 만이 묻어난다

세찬 빗방울이 짓궂게 연꽃을 희롱하나
연꽃은 이슬조차 외면한다

하늘 아래 그 자태 숭고하기를
하늘도 자비함으로 불가에 출가시켰나니

우주의 지존은 천명으로 인정하였다
연꽃은 불심의 지성至誠이었노라고…

라일락

고요한 향기를 지닌 채 나비처럼 다녀가신
당신의 발걸음은 왠지 쓸쓸한 흔적을 남깁니다

당신이 다녀간 뒤에야 가슴으로 전해지는 고요한 향기
흔적을 따라 뛰어간들 언제나 당신은 보이지 않습니다

내려놓을 수 없는 사연을 가슴으로 품은 채
천 리를 지나온 당신 표정은 옅은 슬픔마저 감추려 하지만

세월은 쓸쓸한 그림자 스치며 바람조차 당신을 외면한 채
어디론가 울며 달려 가는 것 같습니다

영혼의 시가 되고자

모태의 발원지에서 반세기의 고단한 흐름이
염원하던 시의 바다에 이르렀다

부서지는 파도처럼 영혼도 흩어지며
세상 속으로 투명한 넋이 되어 사라진다

시객으로 빈 넋이 되어 삼라만상을 담고저
낮은 자세로 또 다른 세상을 기꺼이 맞으며

세속의 허물을 벗은 마음으로는
까치발로 팔 벌린 채 나만의 세상을 마주한다

어떤 허세도 벗어 버린채 빈들을 서성이며
가난한 시객이 되어 해 지는 서녘을 걸어 보리라

산 마루 오두막

시의 흙으로 지은 산 마루 오두막
문패는 시객들의 주막집으로 걸려있다
뭇 길손들의
시객詩客들이 머물다 가는 로망의 쉼터

바람 소리 휘돌아
나그네 읊 조리는 시詩를 간섭하며
구름 사이 햇살도 나그네 면모面貌를 비추며
시심의 표정을 읽어 내린다

가난한 시심들이 모여
마음 한 자락 놓고 가는 오두막 시 밴드
영혼의 우물에서 길어올린 시의 한 귀절
시詩의 요정들과 푸른 숲 속을 거닐고 싶다

영혼에 새겨진 금언金言
당신은 어떤 내용으로 담겨 있습니까?
우리 함께 이 시대를 살아온 한 서림의 회포를
예서 살풀이 한 판으로 한恨이나 풀고 가십시다

아름답고 슬픈 캘틱 음악

서정적인 음악은 내게 늘 시의 명상을 인도한다
어제가 오늘이며 오늘이 내일의 지루함이 아닌
새로운 자아를 찾아 늦은 저녁 길을 떠나게 한다
오늘 밤도 내 가슴에 지핀 별빛 하나로
시의 밥을 지을 수 있음에 나는 그저 행복하다
내 마음 달빛 가득한 하늘엔 먼 눈길로 그리움 담아
세월 넘어 그들에게 보내며
추억은 윤슬로 젖은 가슴 가득 밀물로 채워진다
아 ~ 오늘은 나 잠들기 전 보고 싶은 얼굴들로
하늘 가득 꿈결로 밀려오거늘 이 밤도 못난 영혼을
저 높은 곳으로 이끄는 아름답고 슬픈 캘틱 음악은
자아를 깨우며 진리를 깨운 채 긴 밤을 사라져 간다

당신은 장미꽃

너무 아름다워
턱을 고인 채 바라보다
내 눈이 카메라가 되었다
눈 감아도 장미꽃만 보인다

봄바람의 흔적

오래전 어느 해 봄
둘이서 가다 멈춘 미완의 세월이
봄이면 실바람에 그리움으로 재 묻어온다

스치듯 꽃잎을 흔들어, 내 마음마저 흔들며
바람은 야속하게 지나치려 하거늘

심연 위에 놓인 한 줄기 허무를 따라
끝없는 바닥으로 추락하는 그때의 실연처럼
지금도 그때의 기억으로 아련하다

바람에 흩날리는 꽃잎이 아름답거늘
지금도 바람은 제 갈 길만 서둘러 찾아갈 뿐
내 마음 상처는 예전처럼 아랑곳하지도 않는다

자판기 끝 간에 선 이야기들

세상에서 나를 경건하게 하는 것 중에
성경 다음으로 컴퓨터 자판기다
슬픔도 기쁨도 자판기 끝 간에서
내 생각들의 문장으로 줄서기 때문이다
무지개 같았던 세월을 불러오기도 하며
때로는 두려움으로 보내야 했던 과거들로
억누를 수 없는 회한에 젖기도 하지만
어느 날 갈대숲에 두고 온
옛사랑의 은밀함은 나만의 비밀로 남는다
그렇게 앙금의 세월이 쌓여온 지금의 삶
어쩌면 감성의 촉을 건드리는 이 밤조차
새벽이면 줄 끊어진 기억으로 사라지리라…

사색의 숲

섣달 삭풍에 못다 한 아쉬움들이
춘삼월 실바람에 미련으로 돌아온다

나비 같은 감성은 꽃그늘로 숨어들어
심연으로 가는 회색의 길로 들어선 채

그곳에서 발견되지 않는
자아의 언어를 찾기 위한 애처러움은

밤마다 상념의 바람 맞으며
별이고 꽃이고 반딧불이 되지만

고독한 발걸음은 늘 ~
몽상의 날갯짓으로 공허를 날 뿐이다

별은 어두워야 빛난다

숲 속에서 외로이 피어난 지란芝蘭은
날 취하지 않는다고 서운해하지 않는다

누군가는 수명을 다한 뒤
마른 잎새를 보며 예쁜 꽃이었다
아쉬워는 하겠지?!

별은 어두워야 빛나고 꽃은 지고 난 뒤에야
아쉬워진다
오늘 밤

혼자 꾸면 꿈이지만 둘이 꾸면 현실이 되기에
사랑하는 아내와 우리 아이들
꿈을 꾸며 잠들어가리라…

내게 음악은 달빛이다

음악은 내 마음이 어두울 때 그곳을 비추는 달빛이다
내 영혼이 광야를 헤맬 때 풀잎 그늘에 숨어든 내 작은 고독
한낮의 꿈은 사라지고 그 자리엔 노을빛만 감돈다
가을이 가기 전 드러낼 수 없는 감정으로 가득한
풀벌레 소리
어둠의 그림자 속에서 제 짝을 부르다 제풀에 스러져 간다
지쳐가는 시간 속에 동요의 눈빛으로 별빛을 닮아갈 무렵
음악의 선율은 달빛으로 어둡던 그곳을 밝혀 온다
긴 밤을 지새우며 이슬 같은 한 줄의 서정을 쓰기 위한
낯선 생각이 내 안으로 찾아드는 순간,
내면은 마치 고독이란 주인장이 고요히 방문을 열어 준다
만야! 천 년의 고독이 잠든 세상, 내 영혼을 깨우는 시간이다
그리고 먼 산을 바라보며 목이 꺾인 사슴의 눈을 닮아 간다

여행은 언제나 서리꽃 같다

삶은, 태양을 맞는 아침마다
오늘이란 여행길로 사립문 같은 마음 문을 나선다

돌고 도는 내 작은 세상의 하늘엔 작은 별이 뜨고
작은 구름도 흐르고 삶에 소소리바람도 분다

여행이란 삶의 자양분 같은 거라지만
때로는 두려운 발걸음으로 오만가지 이유를 따진다

그래도 먼 곳에 눈길을 두고 떠난다는 것은
가슴이 뜨거워지기 때문이며

시린 물빛 같은 눈물이
서리꽃으로 피어나는 것을 보기 위한 그리움인 것 같다

애증愛憎의 절규

매미의 울음은

어두운 세상을 인고의 세월로
천 년을 기다렸던 사랑의 윤회輪廻다

짧은 생을 마감했던 한스러운
사랑의 윤회다

지금도 저렇게 제 귀를 닫은 채 울고 있음이
닥쳐올 찬바람이 두려워서가 아니라

그때의 마지막 애증의 절규였음을
기억하기 때문이다

내 삶의 가을

여름이 열기를 흘리고 간 자리에
가을을 품은 코스모스 한 송이
자갈 틈 사이로 가녀린 몸매를 드러낸다

여름 동안 비바람 구설을 머금은 채
한대 속에서 피어난 코스모스
바람에 흔들리며 길손들에 미소를 흘린다

한가을 설핏 꿈속에서
철 늦은 코스모스로 세파에 흔들리며
가을 하늘을 향하여 춤추며 노래한다

어허디 어허디여 ~ 어디로 갈 거나
가을밤 꿈속에서 깨어난 축축한 세상
허무와 아쉬움 등짐지고 구만리 오색길 떠날거나

내 작은 여명^{黎明}

어스름 새벽에
그릇 부딪치는 딸그락 소리가
시간을 깨우는 것 같기에
아내는 시간을 지배하는 것 같다

조용한 나비 날갯짓의 바람 같은 움직임
모시 치마 사각대는 소리는
내 마음마저 흔들어 깨운다

아내의 미소와 햇살은 닮았다
때론 바깥세상의 우울함이
가슴을 어둡게 하지만
아내의 미소는 행복의 그림자로 가슴을 채운다

오늘도
이발사에게 내 머리를 맡기듯
당신의 따스함에 내 마음 의탁합니다

둘 만의 미완

당신의 두 눈을 볼 수 있기에
당신의 음성을 들을 수 있기에
내 삶이 행복합니다

내 생애 나머지 여백도
당신의 감성으로 채워지기를
소원하렵니다

아마도
그리움을 마주할 수 있다면
그것은 당신이겠지요

그러나 우리의 미완은 사랑이랍니다
왜냐면
내일도 가슴으로 채워야 하니까요

석성산

까마귀도 제 깃털을 흘리고 넘는 고개
바람조차 잠든 밤은
풀잎에 이슬 맺는 소리조차 정적을 깨운다

새벽 낙엽 밟는 소리 풀벌레 잠을 깨우며
호랑이 꽃잎 아래 잠자던 잠자리
비상을 위해 젖은 날개 파르르 떤다

새벽닭의 목멘 울음으로
먹물이 푸르름으로 바뀌는 기적이 일 때
빛은 세상을 깨우며
숲 속을 푸른 비단으로 수놓는다

작은 가슴에 못다 채울 세상 이야기는
숲 속의 순수함으로 내 작은 가슴을 채우며
가슴에 쌓인 세상 이슬로 하염없이
눈물 젖게 한다

장미의 눈물

새벽
꽃잎에 맺힌 이슬에 사유를 묻지는 않으리라

세월 간
연민의 눈빛으로 그대를 바라보지는 않으리라

그저
어제처럼 모른 척 바람으로 옷깃 스쳐 지나리니…